Blesteau · Godard

Toupet

brise les coeurs

DUPUIS

Dépôt légal : octobre 1996 — D.1996/0089/176
ISBN 2-8001-2336-2 — ISSN 0775-6852

Imprimé en Belgique.

UNE PIERRE DANS SON JARDIN

JE COMPRENDS.
CORALINE, JE SAVAIS QUE VOUS ÉTIEZ UNE FILLE DÉVOUÉE, BELLE ET INTELLIGENTE...
BAH!
BELLE ET INTELLIGENTE ...
...INCROYABLE!
BIJOUTERIE
HORLOGER · BIJ
UN DIAMANT DE 30 CARATS! ÇA VAUT COMBIEN?
RIEN DU TOUT! C'EST DU TOC!
C'EST PAS BIENTÔT FINI DE BOUCHER LA CIRCULATION, ESPÈCE DE MENTEUR? ESCROC! VOLEUR!
?

NON, MAIS C'EST VRAI, ÇA, TOUT DE MÊME !
CLAP
CORALiiiNE !
OUi, MADAME DUBOiS ?
CORALiNE, J'Ai BiEN RÉFLÉCHi, ET ME RENDRE UNE AUSSi JOLiE BAGUE, AUSSi COÛTEUSE, SANS AUCUNE HÉSiTATiON, EST UN GESTE QUi ME TOUCHE AU PLUS PROFOND...
...PAR AiLLEURS, VOUS LE SAVEZ, LA VOLONTÉ DE MON GRAND-PÈRE EST SACRÉE POUR MOi, ET... BREF !
REPRENEZ-LA !
NON, RiEN À FAiRE ! PAS UNE BAGUE DE CE PRiX-LÀ ! NON, VRAiMENT, JE NE PEUX PAS ACCEPTER !
JE NE PEUX TOUT DE MÊME PAS LUi DiRE QUE JE LA LUi RENDS PARCE QUE JE SAiS QUE C'EST DU TOC !
JE NE PEUX TOUT DE MÊME PAS LUi DiRE QUE JE N'EN Ai RiEN À FAiRE PARCE QUE JE SAiS QUE C'EST DU TOC !
JE NE PEUX TOUT DE MÊME PAS LEUR AVOUER QUE MA FEMME A REMPLACÉ SANS ME LE DiRE LA VRAiE PiERRE PAR DU TOC !
LE DiABLE L'EMPORTE !
316

APPELS À LA PELLE

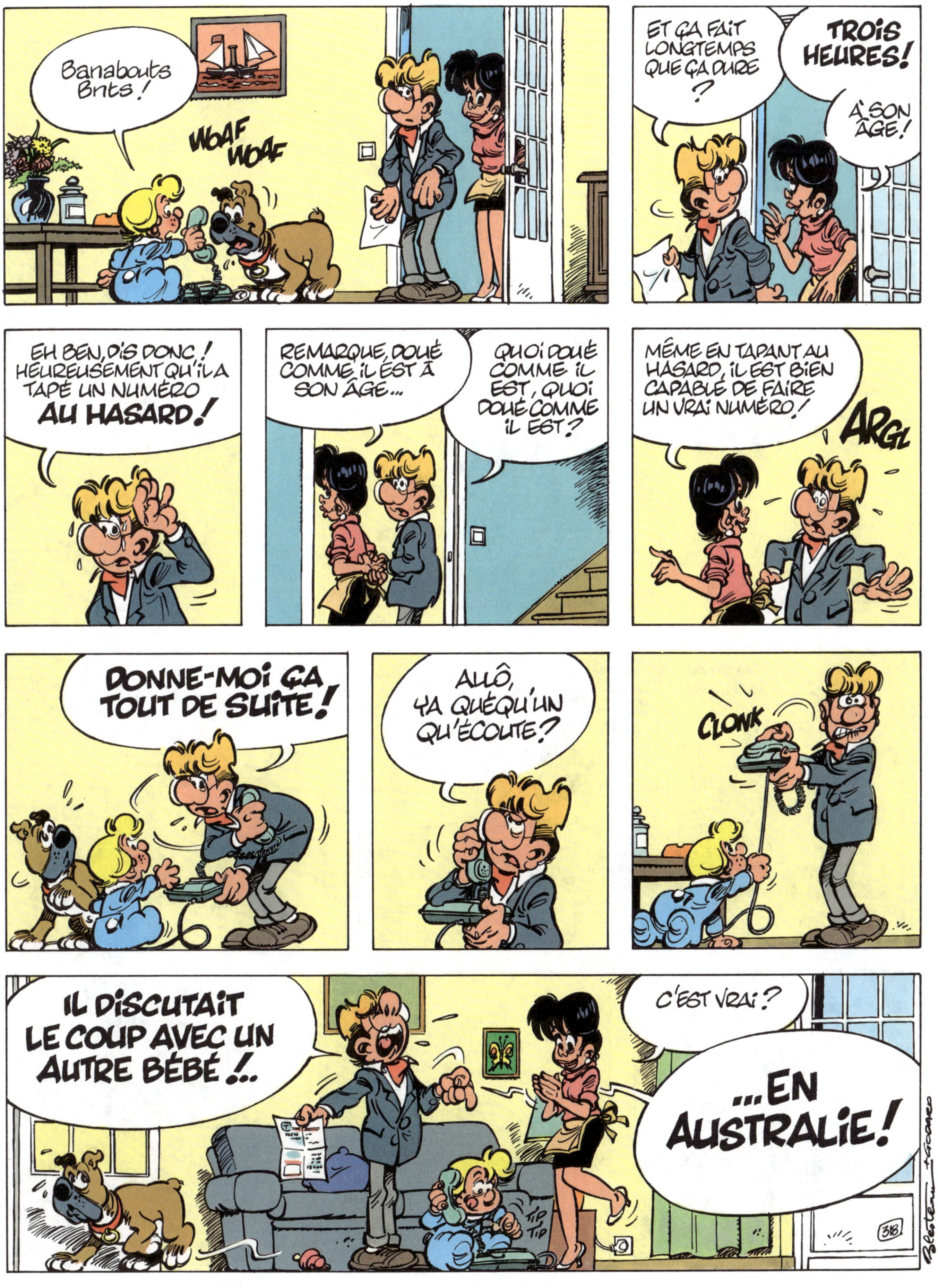
Banabouts Brits !
WOAF WOAF
ET ÇA FAIT LONGTEMPS QUE ÇA DURE ?
TROIS HEURES !
À SON ÂGE !
EH BEN, DIS DONC ! HEUREUSEMENT QU'IL A TAPÉ UN NUMÉRO AU HASARD !
REMARQUE, DOUÉ COMME IL EST À SON ÂGE...
QUOI DOUÉ COMME IL EST, QUOI DOUÉ COMME IL EST ?
MÊME EN TAPANT AU HASARD, IL EST BIEN CAPABLE DE FAIRE UN VRAI NUMÉRO !
ARGL
DONNE-MOI ÇA TOUT DE SUITE !
ALLÔ, Y A QUÉQU'UN QU'ÉCOUTE ?
CLONK
IL DISCUTAIT LE COUP AVEC UN AUTRE BÉBÉ !..
C'EST VRAI ?
...EN AUSTRALIE !
TIP TIP
318

FÈVE O'CLOCK

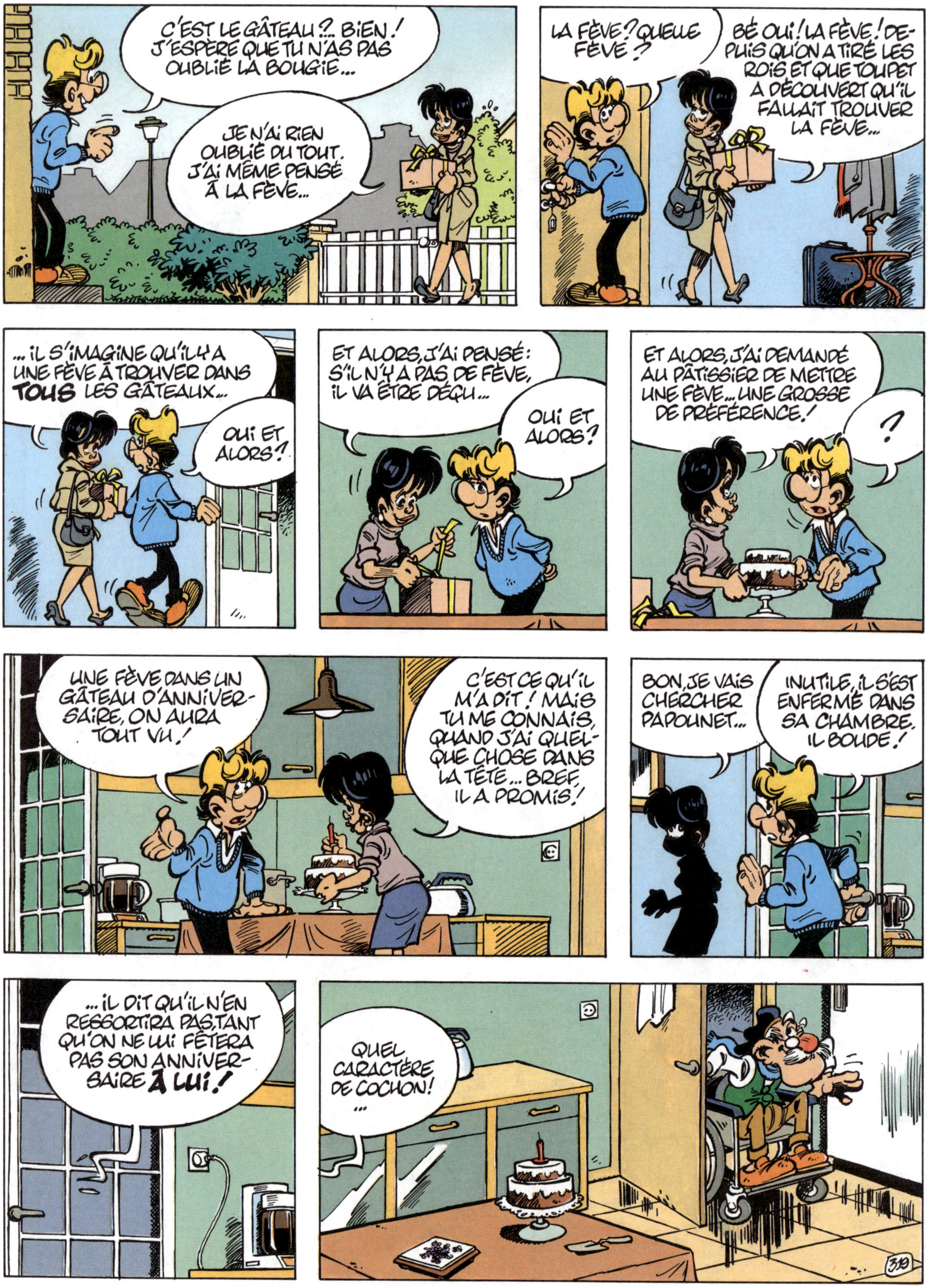
C'EST LE GÂTEAU ?... BIEN ! J'ESPÈRE QUE TU N'AS PAS OUBLIÉ LA BOUGIE...
JE N'AI RIEN OUBLIÉ DU TOUT. J'AI MÊME PENSÉ À LA FÈVE...
LA FÈVE ? QUELLE FÈVE ?
BÉ OUI ! LA FÈVE ! DEPUIS QU'ON A TIRÉ LES ROIS ET QUE TOUPET A DÉCOUVERT QU'IL FALLAIT TROUVER LA FÈVE...
... IL S'IMAGINE QU'IL Y A UNE FÈVE À TROUVER DANS **TOUS** LES GÂTEAUX...
OUI ET ALORS ?
ET ALORS, J'AI PENSÉ : S'IL N'Y A PAS DE FÈVE, IL VA ÊTRE DÉÇU...
OUI ET ALORS ?
ET ALORS, J'AI DEMANDÉ AU PÂTISSIER DE METTRE UNE FÈVE... UNE GROSSE DE PRÉFÉRENCE !
?
UNE FÈVE DANS UN GÂTEAU D'ANNIVERSAIRE, ON AURA TOUT VU !
C'EST CE QU'IL M'A DIT ! MAIS TU ME CONNAIS, QUAND J'AI QUELQUE CHOSE DANS LA TÊTE... BREF, IL A PROMIS !
BON, JE VAIS CHERCHER PAPOUNET...
INUTILE, IL S'EST ENFERMÉ DANS SA CHAMBRE. IL BOUDE !
... IL DIT QU'IL N'EN RESSORTIRA PAS TANT QU'ON NE LUI FÊTERA PAS SON ANNIVERSAIRE **À LUI** !
QUEL CARACTÈRE DE COCHON !
...

CRIIITCH
SCHHHUFFF
FFFFPLFF
SLAM
CHPLOF
PLAF
BON, ON Y VA?
AÏE AÏE AÏE
ON Y VA !
JOYEUX ANNIIIVEERSAIRE
DEUX MINUTES APRÈS...
ALLÔ, LA PÂTISSERIE DUFLAN ? DUBOIS À L'APPAREIL ! DITES ! JE VOULAIS VOUS DIRE...
...À PROPOS DE LA FÈVE...
Blesteau + Godard
320

LA DERNIÈRE SÉANCE

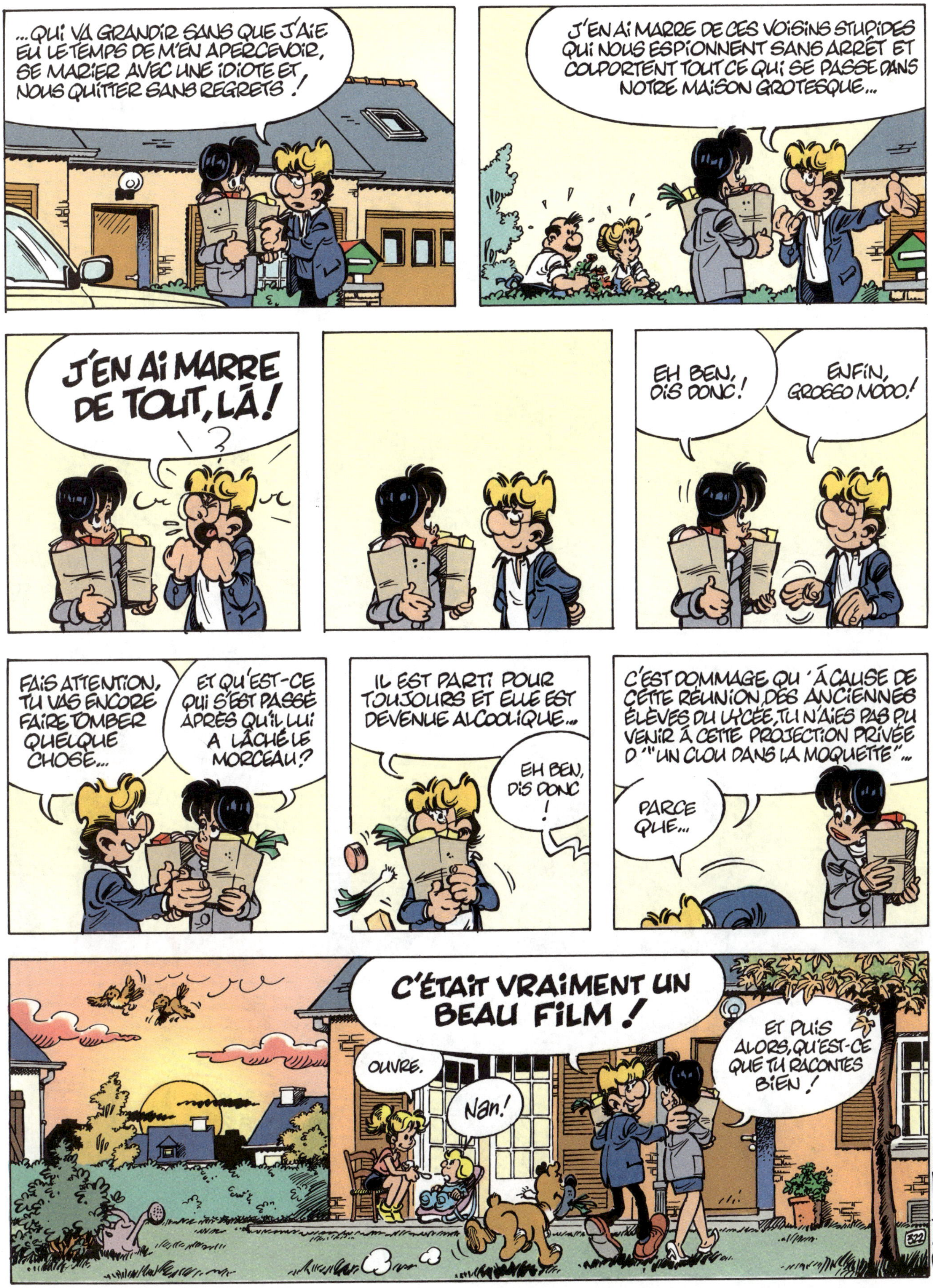
...QUI VA GRANDIR SANS QUE J'AIE EU LE TEMPS DE M'EN APERCEVOIR, SE MARIER AVEC UNE IDIOTE ET NOUS QUITTER SANS REGRETS !
J'EN AI MARRE DE CES VOISINS STUPIDES QUI NOUS ESPIONNENT SANS ARRÊT ET COLPORTENT TOUT CE QUI SE PASSE DANS NOTRE MAISON GROTESQUE...
J'EN AI MARRE DE TOUT, LÀ !
EH BEN, DIS DONC !
ENFIN, GROSSO MODO !
FAIS ATTENTION, TU VAS ENCORE FAIRE TOMBER QUELQUE CHOSE...
ET QU'EST-CE QUI S'EST PASSÉ APRÈS QU'IL LUI A LÂCHÉ LE MORCEAU ?
IL EST PARTI POUR TOUJOURS ET ELLE EST DEVENUE ALCOOLIQUE...
EH BEN, DIS DONC !
C'EST DOMMAGE QU'À CAUSE DE CETTE RÉUNION DES ANCIENNES ÉLÈVES DU LYCÉE, TU N'AIES PAS PU VENIR À CETTE PROJECTION PRIVÉE D'"UN CLOU DANS LA MOQUETTE"...
PARCE QUE...
C'ÉTAIT VRAIMENT UN BEAU FILM !
OUVRE.
NAN !
ET PUIS ALORS, QU'EST-CE QUE TU RACONTES BIEN !
322

QUI SE RESSEMBLE S'ASSEMBLE

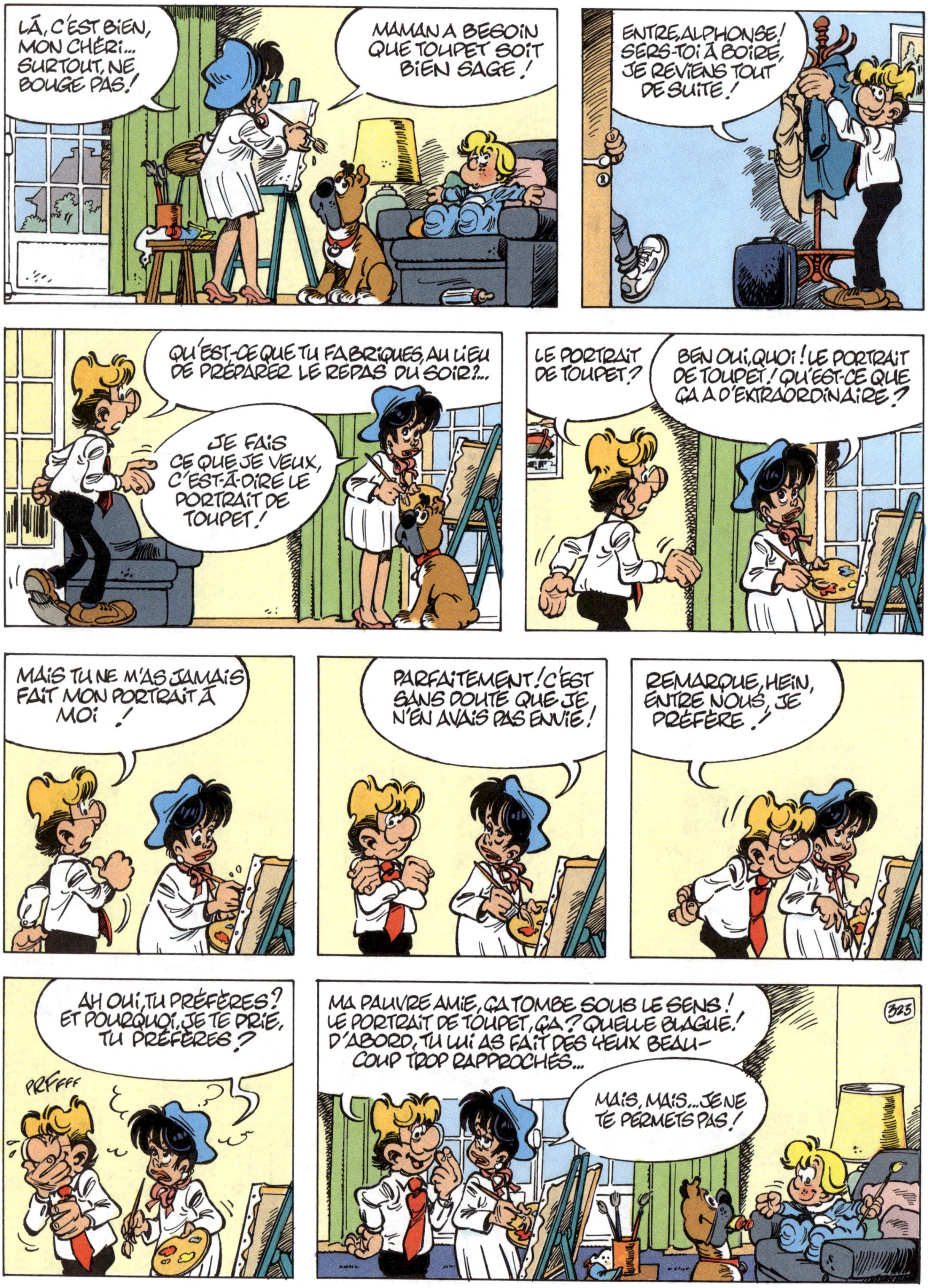

ET S'IL N'Y AVAIT QUE LES YEUX ! IL Y A AUSSI LE NEZ ! IL EST BEAUCOUP TROP LONG, LE NEZ !
QU'EST-CE QUE TU Y CONNAIS, D'ABORD ?
SANS PARLER DU COU ! TU AS VU LE COU ? IL EST TROP MAIGRE, LE COU !
TIENS, JE PRÉFÈRE NE RIEN DIRE !
...SANS OUBLIER QUE LE MENTON EST TROP PROÉMINENT...
...ET QUE LES CHEVEUX NE SONT PAS AUSSI FRISÉS... BREF ! CE QUE JE CHERCHE À TE DIRE, C'EST QUE...
...ÇA NE RESSEMBLE PAS À TOUPET, MAIS PLUTÔT À QUELQU'UN QUI POURRAIT ÊTRE, HAHA, LE PÈRE DE TOUPET...
SI ÇA N'ÉTAIT PAS MOI.
TIENS ! TU FAIS DE LA PEINTURE, TOI, MAINTENANT, HÉLÈNE ?
OUI. À PROPOS, DIS-MOI, ALPHONSE, CE QUE TU EN PENSES...
OH, COMME C'EST GENTIL ! C'EST DONC POUR ÇA QUE TU M'AS INVITÉ À DÎNER !
ELLE A FAIT MON PORTRAIT !
QUEL TALENT !
OUI, ON DIT ÇA !
VOYONS, ROBERT !
PUISQUE JE TE DIS QUE C'EST LE HASARD !
MOI, SI J'AVAIS UNE FEMME COMME ÇA, J'ME PENDRAIS AUSSI ! MAIS... À SON COU !
324

AMOURS DE JAUNISSE

...J'AVAIS 15 ANS, ELLE AUSSI, J'ÉTAIS BEAU, ELLE AUSSI...
PAPOUNET ! J'AI UNE GRANDE NOUVELLE POUR VOUS !
SNIF
ÇA FAIT 357 FOIS QUE VOUS RACONTEZ VOS AMOURS DE JEUNESSE, ET JE N'EN POUVAIS PLUS...
...ALORS, J'AI PASSÉ QUELQUES COUPS DE FIL ET ÇA Y EST : JE L'AI RETROUVÉE...
QUI ÇA ?
CORALINE !
NOON ! C'EST PAS VRAI ?
PUISQUE JE VOUS LE DIS !
CORALINE-BIS, VENEZ ! IL VOUS ATTEND !
AAARGH
DANS MES BRAS, BICHOUNET, QUE J'TE FASSE UNE BISE !
...7, 8, 9, ET 1 QUI FONT 10.
...À CE PRIX-LÀ ON RECOMMENCE AVEC UN AUTRE VIEUX QUAND VOUS VOULEZ !
PAPOUNET, REVIENS ! C'ÉTAIT UNE BLAGUE !
IIIIK
326
Bercovici

LE VIEUX DÉCHET (NUCLÉAIRE)

TROP TARD, LA PLACE EST PRISE ! J'Y AI DÉJÀ MIS UN BÉBÉ !
REMARQUEZ, ON N'EST PAS OBLIGÉS DE LES ENTERRER, ON PEUT LES STOCKER À CIEL OUVERT...
?
STOCKER QUOI ?
LES FÛTS.
PANG PANG
LES FÛTS DE QUOI ?
DES DÉCHETS NUCLÉAIRES.
PANG PANG
DE DÉCHETS NUNU...
J'AI PRÉFÉRÉ LES NUCLÉAIRES. LES TOXIQUES RAPPORTAIENT MOINS...
RHAA
J'AI NÉGOCIÉ SERRÉ AVEC LA SOCIÉTÉ QUI VOULAIT S'EN DÉBARRASSER, VOUS FAITES UNE BONNE OPÉRATION. J'AI APPORTÉ L'AFFAIRE, VOUS LE JARDIN !
VROOP
PANG
PANG
ALLALÔ ? LE COMMISSARIAT À L'ÉNERGIE ATO-MIMIQUE !
ENFIN, ROBERT ! QU'EST-CE QU'ILS T'ONT DIT ?
D'ENTERRER LE VIEUX AVEC LES FÛTS ET DE RENTRER QUAND LE TERRAIN SERA DÉCONTAMINÉ... DANS 1000 ANS !
J'AI HORREUR DU CAMPING. JE RENTRE CHEZ MOI !
328

L'ESSENCE DESSUS DESSOUS

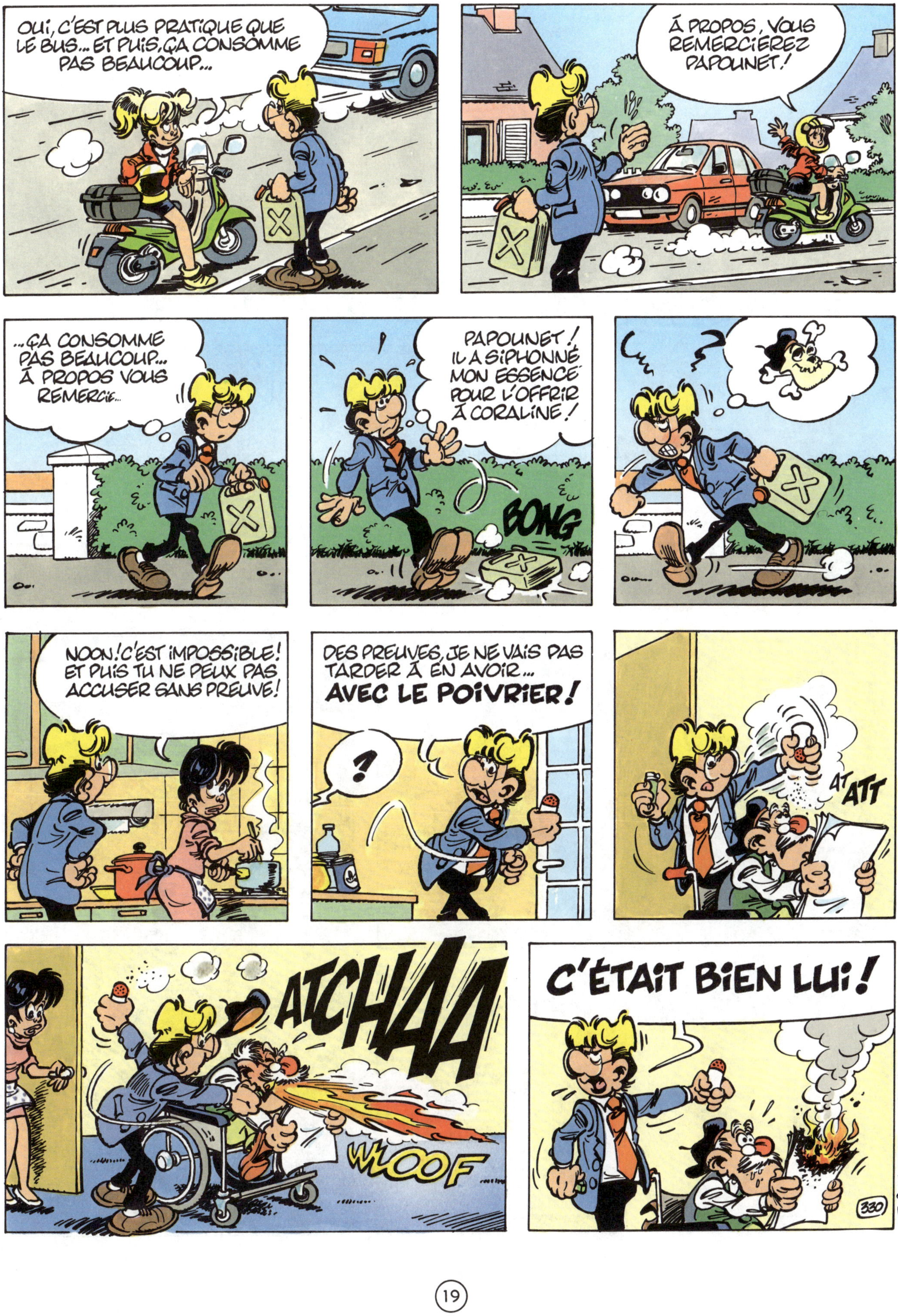
OUI, C'EST PLUS PRATIQUE QUE LE BUS... ET PUIS, ÇA CONSOMME PAS BEAUCOUP...
À PROPOS, VOUS REMERCIEREZ PAPOUNET !
...ÇA CONSOMME PAS BEAUCOUP... À PROPOS VOUS REMERCIE...
PAPOUNET ! IL A SIPHONNÉ MON ESSENCE POUR L'OFFRIR À CORALINE !
BONG
NOON ! C'EST IMPOSSIBLE ! ET PUIS TU NE PEUX PAS ACCUSER SANS PREUVE !
DES PREUVES, JE NE VAIS PAS TARDER À EN AVOIR... AVEC LE POIVRIER !
?
AT ATT
ATCHAA
WLOOF
C'ÉTAIT BIEN LUI !
330

UN SACRÉ NUMÉRO

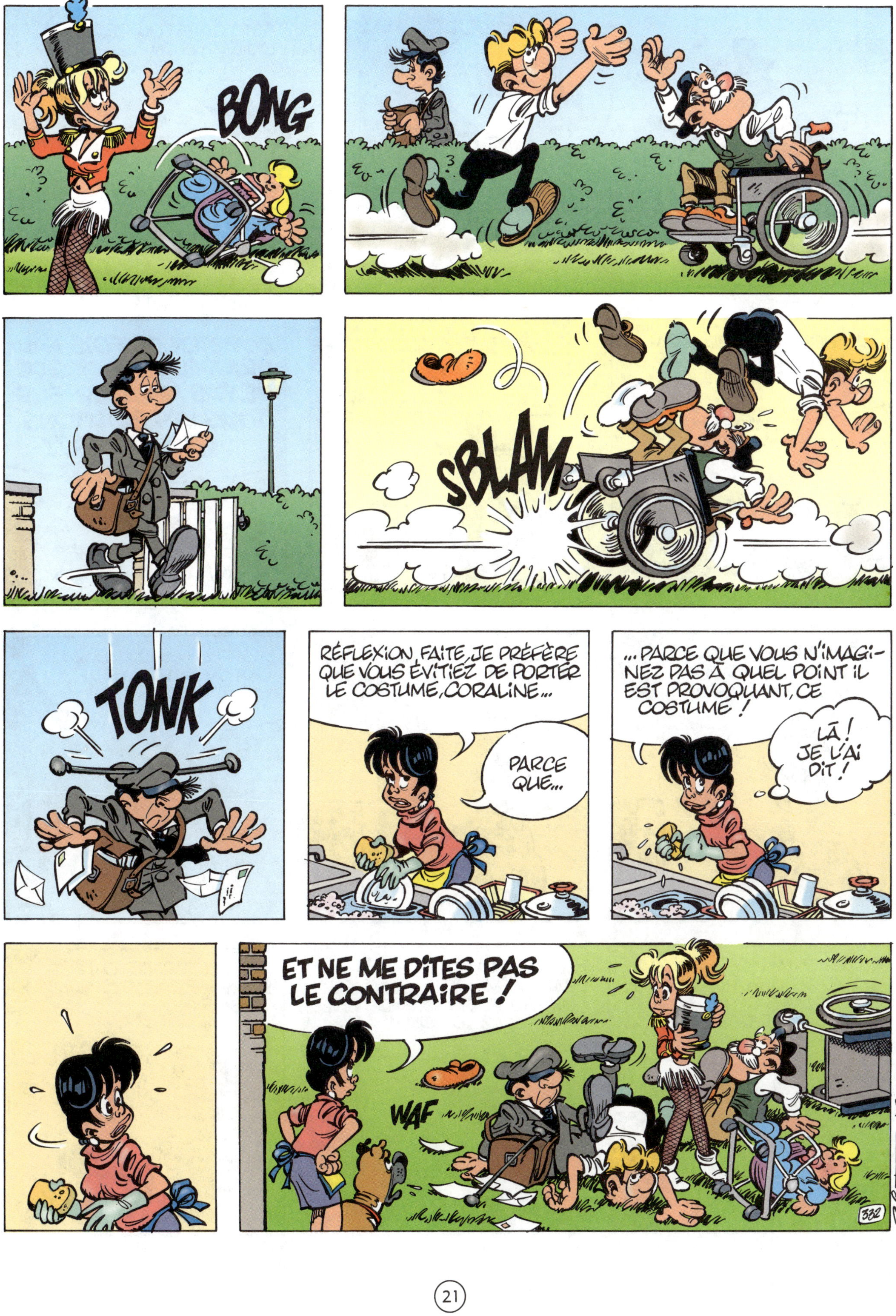
BONG
SBLAM
TONK
RÉFLEXION FAITE, JE PRÉFÈRE QUE VOUS ÉVITIEZ DE PORTER LE COSTUME, CORALINE...
PARCE QUE...
...PARCE QUE VOUS N'IMAGINEZ PAS À QUEL POINT IL EST PROVOQUANT, CE COSTUME !
LÀ ! JE L'AI DIT !
ET NE ME DITES PAS LE CONTRAIRE !
WAF
332

BOUTONS DE FIÈVRE

VOUS AVEZ BIEN RAISON, ELLE EST POURRIE, CETTE TÉLÉCOMMANDE.
!
JE VOUS AI MARQUÉ LES BOUTONS SUR LESQUELS IL FAUT APPUYER, UN BOUTON POUR LES CHAÎNES ET UN POUR LE SON...
...C'EST TOUT !
ET À QUOI ILS SERVENT, LES 25 AUTRES BOUTONS ALORS ?
ON NE SAIT PAS ! ON NE SAIT PAS ! ON S'EN FICHE ! PAS TOUCHE !
DEUX BOUTONS, PAS PLUS ! MÊME TOUPET EST CAPABLE DE COMPRENDRE ÇA !
CLIK
TU N'AURAIS PAS DÛ LUI PARLER AUSSI RUDEMENT...
C'EST À CAUSE DE LA TÉLÉCOMMANDE. JE DEVIENS NERVEUX QUAND ON TOUCHE À LA TÉLÉCOMMANDE !
BRAAK
AÏE ! J'AI COMME UN SOMBRE PRESSENTIMENT ...
334

LÈVE-TOI ET MARCHE

NON ? IL SE TIENT DEBOUT ?!
SI ! IL SE TIENT DEBOUT, JE TE DIS !
CO-COMMENT ?
CORALINE ! TOUPET SE TIENT DEBOUT ! REGARDEZ !
RAHiiiii
IL SE TIENT DEBOUT !
TALILALAM...
TAGADAMM...
IL SE TIENT... TRALILI...DEBOUT TROULOULOU...
MON DIEU, QUEL AMOUR ! ET COMME JE L'AIME !
336

COMME IL EST BEAU, TOUPET, QUAND IL EST DEBOUT !
ÇA OUI, IL EST BEAU, MON TOUPET, QUAND IL EST DEBOUT !
ALLEZ, DEBOUT, MON TOUPET !
LAISSEZ-LE FAIRE, IL VA SE REMETTRE DEBOUT TOUT SEUL !
...IL NE FAUT PAS LE FORCER...
POF
...IL FAUT SEULEMENT L'ENCOURAGER...
TAP
TAPADAP
TAP
QU'IL EST BEAU, LE TOUPET...
PLAF
PLAF
PLAF
HÉ ! VOUS LÀ ! MOI AUSSI, J'ME TIENS DEBOUT !
OUI, ÇA VA ! ON EST AU COURANT.
LES HOMMES SONT ÉGAUX ENTRE EUX, D'ACCORD... MAIS Y EN A QUI SONT PLUS ÉGAUX QUE LES AUTRES !
337

PHOTO FINISH

AH, LÀ ! ON VOUS RECONNAIT BIEN !.. QUI EST LA GENTILLE DAME À CÔTÉ DE VOUS ?
" C'EST MA PAUVRE FEMME, QUE DIEU AIT SON ÂME..."
... ET RANGE-MOI ÇA EN VITESSE !
ET CETTE PHOTO DE GROUPE AVEC TOUS CES TYPES IDIOTS, JE PARIE QUE VOUS ÊTES DESSUS...
"C'EST MOI AU MILIEU, EN CORSAIRE, LORS D'UN SÉMINAIRE À BUSSE-ROLLES-SUR-LES ÉCUELLES..."
ET CE BEAU JEUNE HOMME À DEMI-NU, C'EST ENCORE VOUS ?
"ET COMMENT, J'AVAIS VINGT-CINQ PIGES ET JE VENAIS DE REMPORTER LE MARATHON DE BORGNE-LES-BURETTES !"
ET CE PETIT GARÇON AVEC DES JAMBES MAIGRES SUR DES PATINS À ROULETTES, C'EST TOUJOURS VOUS ?
"CETTE BLAGUE ! JE LES AI USÉS JUSQU'AUX MOYEUX, CES MAUDITS PATINS."
ET ÇA ! AH, NON !..
ÇA, C'EST PAS VOUS ?..
... C'EST TOUPET !
TOUPET, MON OEIL ! BIEN SÛR QUE C'EST MOI !
339

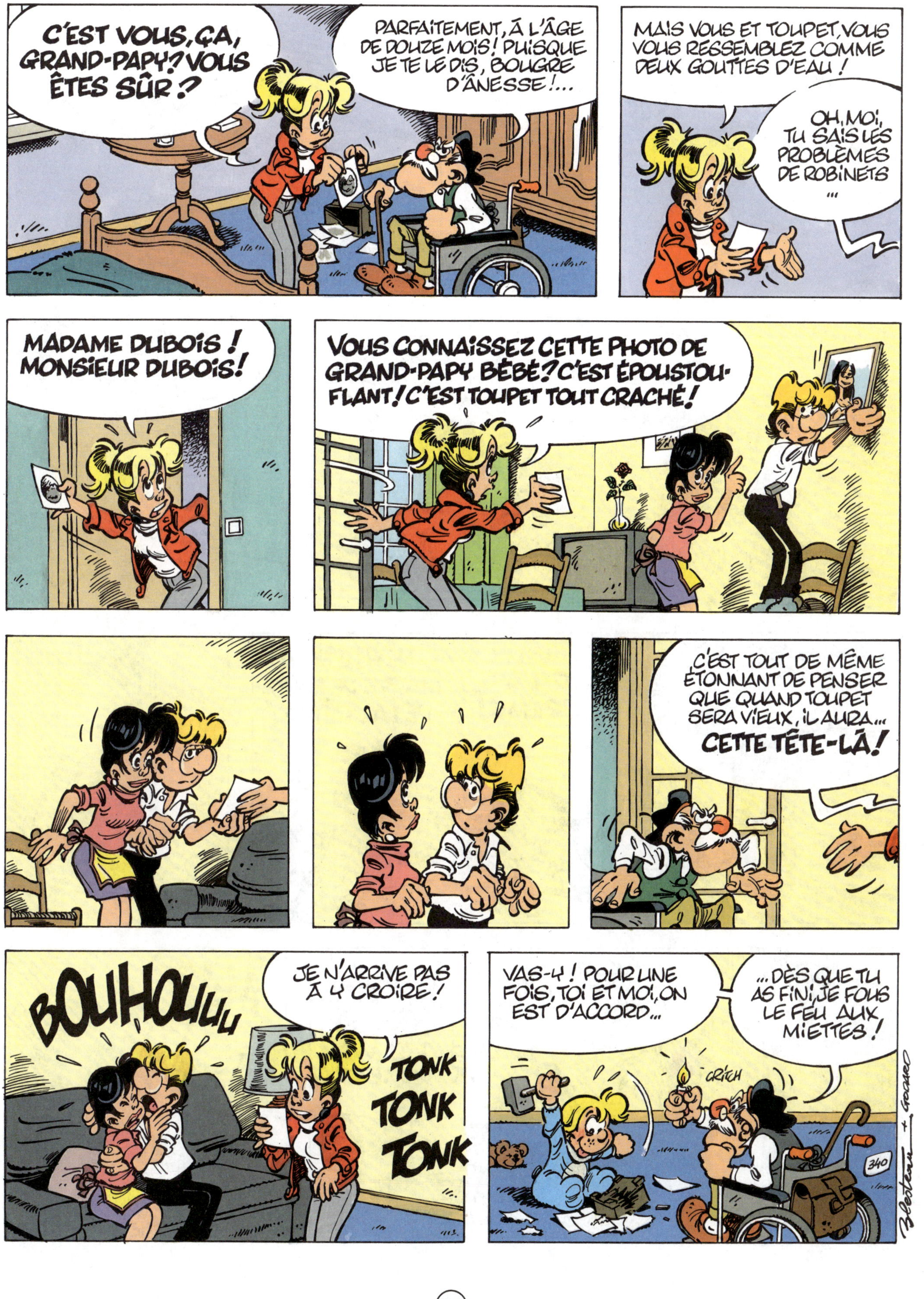
C'EST VOUS, ÇA, GRAND-PAPY? VOUS ÊTES SÛR?
PARFAITEMENT, À L'ÂGE DE DOUZE MOIS! PUISQUE JE TE LE DIS, BOUGRE D'ÂNESSE!...
MAIS VOUS ET TOUPET, VOUS VOUS RESSEMBLEZ COMME DEUX GOUTTES D'EAU!
OH, MOI, TU SAIS LES PROBLÈMES DE ROBINETS...
MADAME DUBOIS! MONSIEUR DUBOIS!
VOUS CONNAISSEZ CETTE PHOTO DE GRAND-PAPY BÉBÉ? C'EST ÉPOUSTOUFLANT! C'EST TOUPET TOUT CRACHÉ!
C'EST TOUT DE MÊME ÉTONNANT DE PENSER QUE QUAND TOUPET SERA VIEUX, IL AURA... CETTE TÊTE-LÀ!
BOUHOUUU
JE N'ARRIVE PAS À Y CROIRE!
TONK
TONK
TONK
VAS-Y! POUR UNE FOIS, TOI ET MOI, ON EST D'ACCORD...
...DÈS QUE TU AS FINI, JE FOUS LE FEU AUX MIETTES!
CRICH
340

LE TARTE À LA CRÈME (RENVERSÉE)

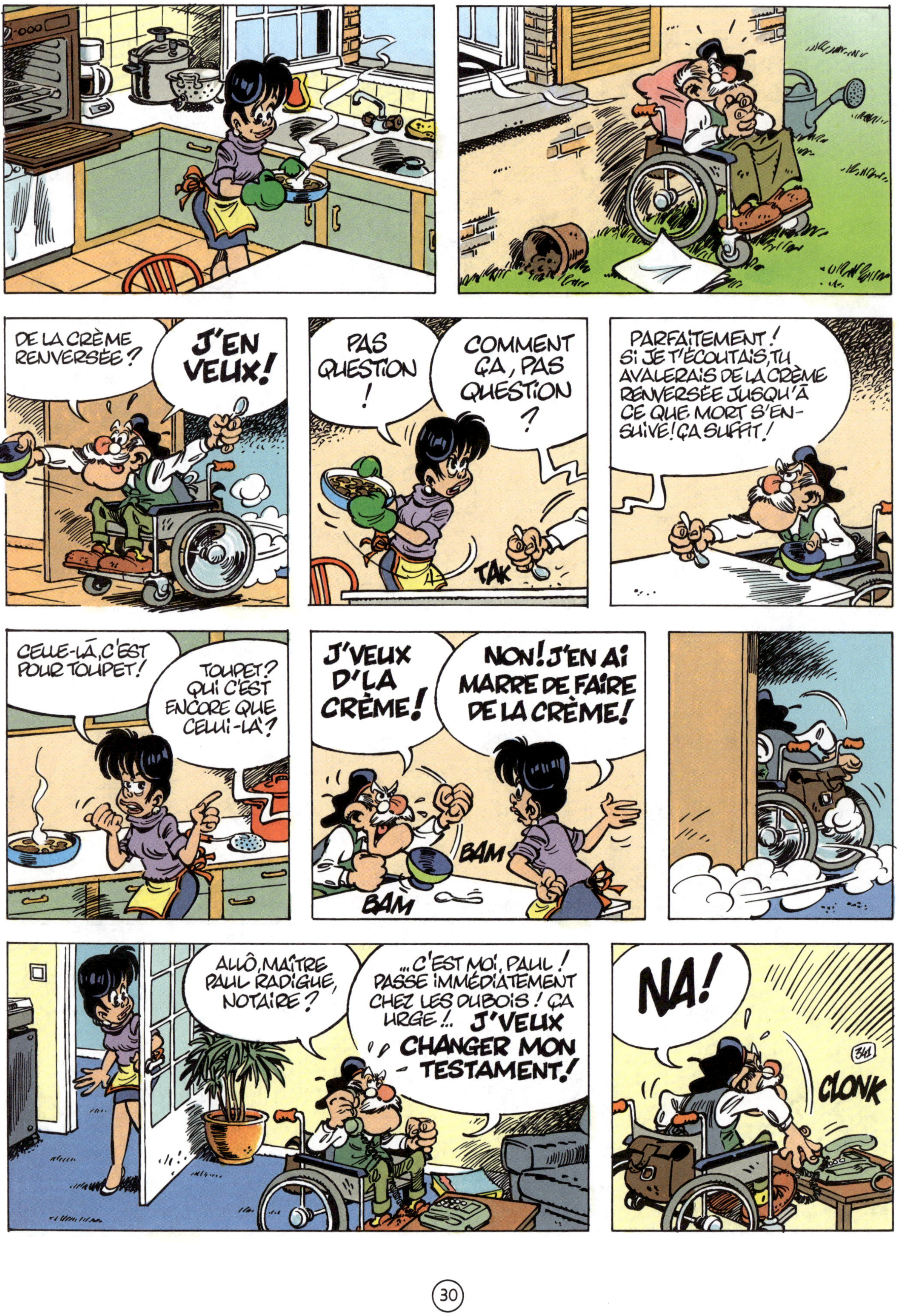

COMMENT ÇA, CHANGER TON TESTAMENT ?
PARFAITEMENT ! JE REFUSE DE LÉGUER TOUS MES BIENS À QUELQU'UN QUI ME REFUSE UN BOL DE CRÈME RENVERSÉE !
ET À QUI TU VAS LES LÉGUER TES FAMEUX BIENS ?
À... À... CORALINE !
VIENS UN PEU VOIR PAR ICI, TOI !
UN CONSEIL, MA VIEILLE ! FAIS-LUI DE LA CRÈME RENVERSÉE OU...
OU QUOI ?
OU JE TE QUITTE !
BHOUHAA
TIENS ! JE PRÉFÈRE LA DONNER AU CHIEN !
HMM, ÇA SENT RUDEMENT BON LA CRÈME RENVERSÉE, PAR ICI !
SANS BLAGUE ! ELLE EN VEUT ELLE AUSSI ?
TU M'EXPLIQUERAS DÈS QUE TU SAURAS PARLER, D'ACCORD ?
Nan !
TONK
TONK

RÊVONS-Z-UN PEU

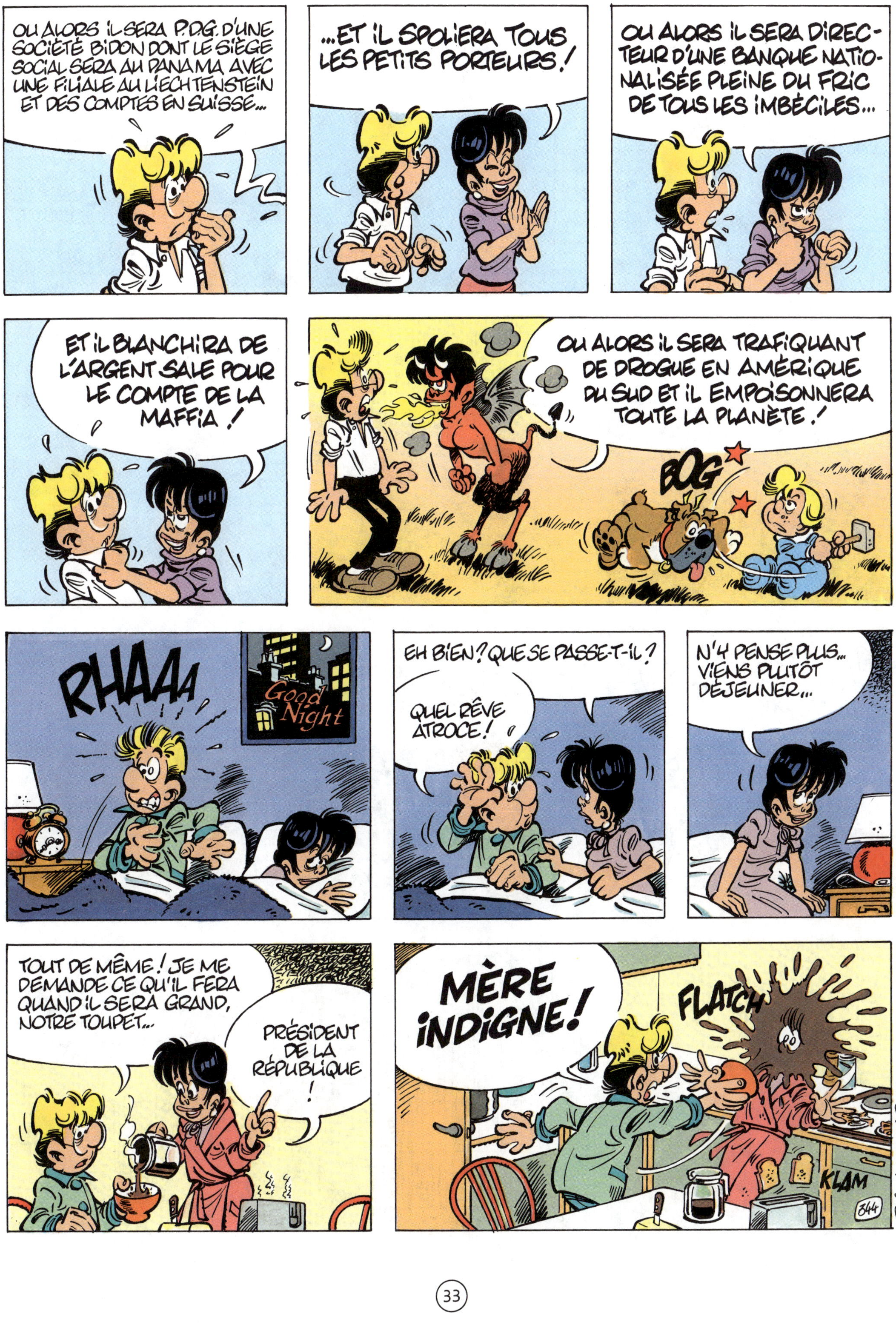
OU ALORS IL SERA P.DG. D'UNE SOCIÉTÉ BIDON DONT LE SIÈGE SOCIAL SERA AU PANAMA AVEC UNE FILIALE AU LIECHTENSTEIN ET DES COMPTES EN SUISSE...
...ET IL SPOLIERA TOUS LES PETITS PORTEURS !
OU ALORS IL SERA DIRECTEUR D'UNE BANQUE NATIONALISÉE PLEINE DU FRIC DE TOUS LES IMBÉCILES...
ET IL BLANCHIRA DE L'ARGENT SALE POUR LE COMPTE DE LA MAFFIA !
OU ALORS IL SERA TRAFIQUANT DE DROGUE EN AMÉRIQUE DU SUD ET IL EMPOISONNERA TOUTE LA PLANÈTE !
BOG
RHAAAA
Good Night
EH BIEN ? QUE SE PASSE-T-IL ?
QUEL RÊVE ATROCE !
N'Y PENSE PLUS... VIENS PLUTÔT DÉJEUNER...
TOUT DE MÊME ! JE ME DEMANDE CE QU'IL FERA QUAND IL SERA GRAND, NOTRE TOUPET...
PRÉSIDENT DE LA RÉPUBLIQUE !
MÈRE INDIGNE !
FLATCH
KLAM
344

PAPY COMPÈTE LES PLOMBS

* EXACT.

PLAF
NON, PLUTÔT DANS UNE CHAISE ROULANTE, C'EST AUSSI FATIGANT, MAIS POUR LES BRAS...
JE ME DEMANDE COMMENT UNE IDÉE AUSSI FARFELUE A BIEN PU GERMER DANS SON MALHEUREUX CERVEAU...
C'EST À CAUSE DE CORALINE.
ALLEZ !
PARFAITEMENT. ELLE S'EST INSCRITE POUR LE MARATHON DE NEW YORK ET ILS ONT DÉCIDÉ D'Y ALLER ENSEMBLE...
D'AILLEURS, TU N'AS QU'À LUI DEMANDER, LA VOILÀ...
ALORS, PETITE ! ON VA S'ENTRAÎNER ?
OUI, PAPOUNET !
M'DAME DUBOIS ! ON FAIT UNE VINGTAINE DE KILOMÈTRES ET ON REVIENT !
BEN, FAITES DONC !
CET HOMME-LÀ M'ÉTONNERA JUSQU'À LA FIN DE MES JOURS !
brô
AFFF PFF
346

LE RADEAU QUI MÉDUSE

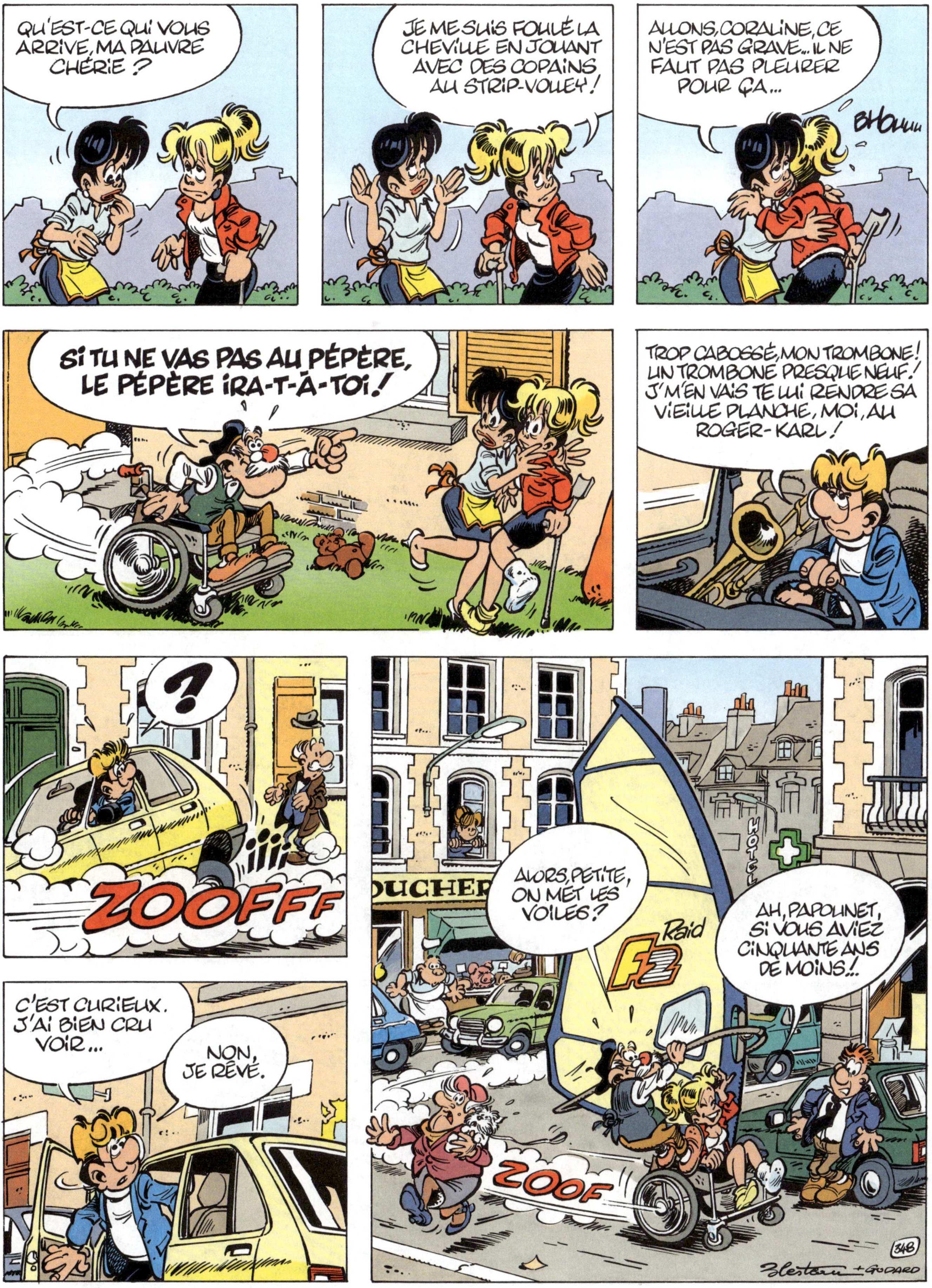

QU'EST-CE QUI VOUS ARRIVE, MA PAUVRE CHÉRIE ?
JE ME SUIS FOULÉ LA CHEVILLE EN JOUANT AVEC DES COPAINS AU STRIP-VOLLEY !
ALLONS, CORALINE, CE N'EST PAS GRAVE... IL NE FAUT PAS PLEURER POUR ÇA...
BHOUUU
SI TU NE VAS PAS AU PÉPÈRE, LE PÉPÈRE IRA-T-À-TOI !
TROP CABOSSÉ, MON TROMBONE ! UN TROMBONE PRESQUE NEUF ! J'M'EN VAIS TE LUI RENDRE SA VIEILLE PLANCHE, MOI, AU ROGER-KARL !
?
ZOOFFFF
C'EST CURIEUX. J'AI BIEN CRU VOIR...
NON, JE RÊVE.
OUCHER
HOTEL
ALORS, PETITE, ON MET LES VOILES ?
Raid
F2
AH, PAPOUNET, SI VOUS AVIEZ CINQUANTE ANS DE MOINS !..
ZOOF
348
+ GODARD

UN DRAME TRÈS.... DÉCHIRANT

AÏEAÏEAÏE LE CARNAGE !
MES BD !
MES ALBUMS DE BD QUE JE GARDE PRÉCIEUSEMENT DEPUIS QUE JE SUIS TOUT PETIT !
SCRATCH
OUI, ET ALORS ? MAINTENANT C'EST LUI QUI EST TOUT PETIT !
...C'EST MA FEMME QUI VA ÊTRE CONTENTE...
MAIS CE SONT DES ÉDITIONS ORIGINALES RARISSIMES, INTROUVABLES, DES PIÈCES UNIQUES !
OH DIS, LA BD C'EST LA BD ! D'AILLEURS, JE LUI AI DONNÉ LES MIENNES AUSSI ALORS...
MAIS LES BD DE FILLES, C'EST DE LA CROTTE ! ÇA N'EXISTE PAS, LES BD DE FILLES !
PERSONNE N'EST ASSEZ BÊTE POUR COLLECTIONNER DES BD DE FILLES EN CE BAS MONDE !
SCRITCH
UN ALBUM DE SPIROU DE 1949 AVEC DES SAUVAGES QUI PARLENT WALLON, TU SAIS COMBIEN ÇA COÛTE ?
UNE ÉDITION RARE D'ASTÉRIX DE 1961 AVEC OBÉLIX QUAND IL ÉTAIT MAIGRE, ÇA N'A PAS DE PRIX !
UN TIRAGE LIMITÉ DE TINTIN DE 1931 QUAND MILOU ÉTAIT UNE CHÈVRE...
C'EST UN TRÉSOR !
Astérix
TINTIN
350

RIEN QU'AVEC CES TROIS-LÀ, ON POUVAIT REFAIRE LA TOITURE ET LA PLOMBERIE AVEC UNE MACHINE À LAVER EN PRIME !
C'EST VRAI ?
ET COMMENT ! ET PEUT-ÊTRE UN MICRO-ONDES EN PLUS !
MÊME EN LAMBEAUX, ÇA VAUT DES SOUS !
QUAND JE PENSE QUE TU ME REFUSES UNE NOUVELLE MACHINE À LAVER DEPUIS PLUS DE TROIS ANS !
...QUAND LA MIENNE PARCOURT TOUTE LA CUISINE EN TRESSAUTANT QUAND JE LA METS SUR "ESSORAGE" !
TAF
CHTAF
C'EST DANS TA CERVELLE QU'IL Y A DES FUITES ! ET L'AFFECTIF, T'EN FAIS QUOI DE L'AFFECTIF ?
SI JE TE LE DISAIS ...
AH, BIRIBU... TOUS MES SOUVENIRS DE JEUNESSE...
J'AI APPRIS À RÊVER DANS BIRIBU...
MOI, C'EST DANS BLEK LE ROC.
REMARQUE, DES BIRIBU, J'EN AI DE RAB. JE PEUX TE LES ÉCHANGER CONTRE DES BLEK.
1 BIRIBU CONTRE 3 BLEK ET J'Y PERDS.
SYMPA. C'EST LÀ OÙ ON VOIT LES VRAIS AMIS... MAIS ÇA NE SERAIT PAS MES BIRIBU À MOI...
C'EST VRAI ! L'ODEUR, ÇA COMPTE ÉNORMÉMENT. LES TIENS SENTENT LE MOISI AUSSI. MAIS LE MOISI DES VILLES...
SNF SNF
351

VANDALE!
BARBARE!
¡CONOCLASTE!
VOYOU!
!
ROBERT! JE SENS QUE TU VAS FAIRE UNE BÊTISE...
ROBERT, LA VENGEANCE EST UN PLAT INDIGESTE! JE T'EN PRIE, CALME-TOI!
LÂCHE-MOI!
TU ME FAIS PEUR! QU'EST-CE QUE TU VAS FAIRE?
PUISQUE MAMAN EST D'ACCORD ET QUE TU AS FINI LES ALBUMS...
...DÉPIAUTE DONC LA COLLECTION COMPLÈTE DE "MON TRICOT" DE 1922 À NOS JOURS!
PLAF
Nan!
CRATCH
COMME C'EST BIZARRE...
DÉCHIRER "MON TRICOT", ÇA N'A PAS L'AIR DE L'INTÉRESSER DU TOUT!
Y A PAS D'DOUTE!
TU SERAS UN HOMME, MON FILS!
352

C'EST LE BOUQUET

...ET IL SE TIENT BIEN DROIT POUR UN PETIT COTEAU VILLAGE AVEC UNE EXPOSITION NORD-NORD-OUEST, MOYENNEMENT VENTILÉE...
...IL A DE L'ÉCHO ET JE DIRAIS MÊME PLUS, UNE JOLIE RÉSONANCE, MAIS IL RÂPE UN PEU SUR LES BORDS À CAUSE DE LA CITRO-PEPTINE...
SI JE VOULAIS CHERCHER LA PETITE BÊTE, JE DIRAIS QU'IL EST UN PEU CHARGÉ EN BENZOATE ET EN SACCHAROBULOSE, MAIS ENCORE UN MOIS DE FERMENTATION ET IL N'Y PARAÎTRA PLUS...
POUR CONCLURE, C'EST UN CRU 1989, PAS PLUS, RÉCOLTÉ EN DÉBUT DE SAISON, UN MOIS TROP TARD À CAUSE DES PLUIES...
FFMMH
J'EN AI CONNU UN QUI LUI RESSEMBLAIT, MAIS IL AVAIT MOINS DE PULSATIONS. BREF! EXCELLENTE APPELLATION À DÉGUSTER AU PLUS TARD LE 12 DU MOIS PROCHAIN, SINON, IL VIRE GRIS.
SHRRR
MON DIEU! QUEL HOMME!
TOC
IL EN SAIT DES CHOSES!
ET ENCORE, J'SUIS PAS EN FORME.
BON, BEN JE VAIS BAIGNER TOUPET, ALORS...
C'EST ÇA, C'EST ÇA...
ENCORE UNE PETITE GOUTTE, PAPOUNET?
QU'EST-CE QUE C'EST QUE CETTE SALETÉ AU FAIT?
DU DÉCA!
TIÈDE!

UN OBJECTIF TRÈS SUBJECTIF

MERVEILLEUX ! SUR LE TOBOGGAN À PRÉSENT...
SHLAK
QU'EST-CE QUE TU FAIS ?
HEIN ? HEU, JE PHOTOGRAPHIE TOUPET !
GÉNIAL ! ET MAINTENANT, SUR LE TAS DE BOIS...
SHIIINFF SNFFFF
NE BOUGEZ PAS, CORALINE... GARDEZ LA POSE, JE REVIENS TOUT DE SUITE !
QUE SE PASSE-T-IL ?
SNIIIFF
ALORS, TU PHOTOGRAPHIES TOUPET, HEIN ?
BÉ, OUI !
VOILÀ CE QUE J'EN FAIS, MOI, DE TES PHOTOS DE TOUPET !
354

QUANT À TON APPAREIL DE MALHEUR...
...VOILÀ CE QUE J'EN FAIS, MOI...
PIIUFFFFF
BBOUHOUu
MAIS ENFIN, HÉLÈNE, QU'EST-CE QUE TU VAS T'IMAGINER ?... C'ÉTAIT SURTOUT UNE QUESTION DE POSES ET DE DÉCORS...
UNE QUESTION DE POSES ET DE DÉCORS, HEIN ?
BÉ, OUI ...
PAPOUNET !
GÉNIAL ! ET MAINTENANT, SUR LE TAS DE BOIS !
OH, NON !
OH, SI !

PRINTED IN BELGIUM BY
proost
INTERNATIONAL BOOK PRODUCTION